IS LE   AN LEABHAR SEO

Míle buíochas le Caitríona, Mum, Seán, Máire, Liz and Colmn agus
Clann Mhic Sheáin uilig. AW

Do Chonn agus do Chaitlín an leabhar seo. Le buíochas do
gach duine a chuidigh liom agus i gcuimhne ar an mhuintir
a chuaigh romhainn a choinnigh na scéalta seo beo. CH

An Chéad Chló
© An tSnáthaid Mhór 2010
Seanscéal Gaeilge arna chur in oiriúint
ag Caitríona Hastings
Andrew Whitson
a rinne na léaráidí
agus an clúdach
Dearadh: Seán Mistéil,
mitchell-kane-associates
Arna chlóbhualadh ag
W & G Baird
An tSnáthaid Mhór
20 Gairdíní Ashley, Bóthar
Lansdúin, Bóthar Aontroma,
Béal Feirste, BT15 4DN
www.antsnathaidmhor.com

Foras na Gaeilge

MAC RÍ ÉIREANN

LE CAITRÍONA HASTINGS AGUS ANDREW WHITSON

An tSnáthaid Mhór

A léitheoir dhil, seo tús mo scéil. Níor tharla na heachtraí seo rófhada ón am ar scríobh mise síos iad, ach tá sé sách fada dáiríre ón am ina mbeidh tusa á léamh.

GALATIA

Rí na hÉireann a bhí i m'athairse. Ba mise an té ba shine ar thrí phrionsa dhéag. De réir mar a bhí mise agus mo dháréag deartháireacha ag fás aníos, chuir m'athair oiliúint orainn i ngach ealaín agus i ngach ceird a d'oir do phrionsaí óga.

Bhí go maith agus ní raibh go holc. Maidin amháin, bhí m'athair amuigh ag seilg agus tháinig sé ar eala a bhí ar snámh amuigh ar loch. Bhí trí éinín déag ag an eala agus d'aithin m'athair go mbíodh sí i gcónaí ag bualadh an éinín deiridh den ál agus á thiomáint uaithi.

Chuir sin an oiread iontais air gur bhrostaigh sé abhaile chuig an chaisleán gur chuir fios ar a fhear feasa, an Sean-Dall Glic.

Nuair a chuala sé an scéal sin, dúirt an Sean-Dall Glic le m'athair:

'An uile neach beo a mbeirtear trí cinn déag de pháistí dó, ní mór dó an tríú ceann déag acu a ruaigeadh amach sa saol, chun bheith ag seiftiú dó féin. Maidir leatsa,' ar seisean le m'athair, 'tá trí mhac déag agat agus caithfidh tusa an rud céanna a dhéanamh.'

Chuaigh m'athair ag pléadáil leis an Sean-Dall Glic nach bhféadfadh sé a leithéid a dhéanamh. Nach raibh sé chomh ceanúil ar an fhear ba shine is a bhí sé ar an fhear ab óige dá chlann mhac? Cén dóigh a roghnódh sé an duine acu a bhí le himeacht uaidh?

'Inseoidh mé an méid sin duit freisin,' a d'fhreagair an Sean-Dall Glic. 'Anocht, nuair a thiocfas do chlann mhac abhaile, dún thusa doras an chaisleáin in éadan an duine deiridh acu a thiocfas. Abair leis nach mór dó a aghaidh a thabhairt ar an Domhan Thoir.'

Agus sin díreach an rud a tharla. An tráthnóna sin, nuair a bhí mise agus mo dhearthaíreacha ag filleadh abhaile, ba mise an duine deiridh le teacht ar ais. Bhí an doras dúnta i m'éadan.

'A athair, cad é atá tú ag dul a dhéanamh liom?' a d'fhiafraigh mé de.

'Ní mór dom an tríú mac déag agam a dhíbirt vaim,' a dúirt sé liom. 'Ós tusa an duine deiridh a tháinig abhaile anocht, ní mór duit imeacht. Ní mór duit d'aghaidh a thabhairt ar an Domhan Thoir.'

huel,' a d'fhreagair mise, 'más mar sin atá, tabhair amach chugam mo chulaith ghaisce is mo chapall breá lúfar i gcomhair an turais.' Léim mé suas ar an chapall agus thug mé m'aghaidh ar an Domhan Thoir.

Bhí mé ag imeacht liom, lá agus oíche. Stad mara ná mórchónaí ní dhearna mé i gcaitheamh an lae ghil agus is istigh sna coillte a chodlaínn san oíche dhorcha.

Lá i ndiaidh lae, d'imigh mé liom, ag marcaíocht trí thíortha coimhthíocha mar a raibh preabadh mo chroí agus cosa an chapaill ag bualadh in éineacht.

Maidin amháin, tháinig mé chomh fada le ciumhais choille. Chonaic mé complacht fear, agus iad ag iarraidh bheith ag freastal ar rí a bhí ansin agus é go cráite. Cheangail mé mo chapall agus chuir mé orm seanéadaí gioblacha a bhí liom i gcúl na diallaite. Rinne mé mo bhealach ionsar na fir.

'Cé thusa agus cá bhfuil do thriall?' a d'fhiafraigh an Rí díom.

'Ó, a dhuine uasail,' arsa mise, 'tá mé ag lorg oibre.'

'Bhuel,' arsa'n Rí, 'tá neart eallaigh agamsa agus níl aoinne agam chun aire a thabhairt dóibh.'

'Bhuel, is maith an scéala é sin,' a d'fhreagair mise agus d'aontaigh mé dul ag obair dó go ceann seacht mbliana.

"B'fhéidir gur maith an scéala agatsa é,"
arsa 'n Rí, "ach is beag den scéala atá
agam féin."

Agus mé á leanúint ar ais chuig an chaisleán
thosaigh an Rí ag insint dom faoin imní
mhór a bhí ar a chroí. Dúirt sé go raibh
bás uafásach i ndán dá iníon. Bhí

bás uafásach i ndán dá iníon. Bhí sé
le halpadh siar ag ollphéist mhór ghránna
a mbíodh sé de nós aici í féin a tharraingt
amach as an fharraige gach seachtú bliain
agus í ag lorg feola.

"Scéal mójiníne atá sin is eagal a chuirfeá,
faoi agus í beo san ait á"

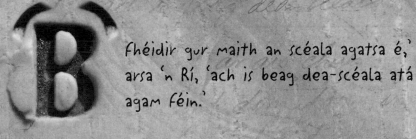

Bfhéidir gur maith an scéala agatsa é,' arsa 'n Rí, 'ach is beag dea-scéala atá agam féin.'

Agus mé á leanúint ar ais chuig an chaisleán, thosaigh an Rí ag insint dom faoin imní mhór a bhí ar a chroí. Dúirt sé go raibh bás uafásach i ndán dá iníon. Bhí sí le halpadh siar ag ollphéist mhór ghránna a mbíodh sé de nós aici í féin a tharraingt amach as an fharraige gach seachtú bliain agus í ag lorg feola.

'Seal m'iníne atá anois ann,' a mhínigh sé, 'agus níl a fhios againn beo cén lá a thiocfas an phéist ghránna orainn!'

'B'fhéidir go dtiocfadh duine éigin i dtarrtháil ar d'iníon,' arsa mise.
'Ó,' a d'fhreagair an Rí, 'tháinig a lán gaiscíoch anseo cheana, ach is eagal liom nach mbeidh aoinne acu ábalta chuig an ollphéist.

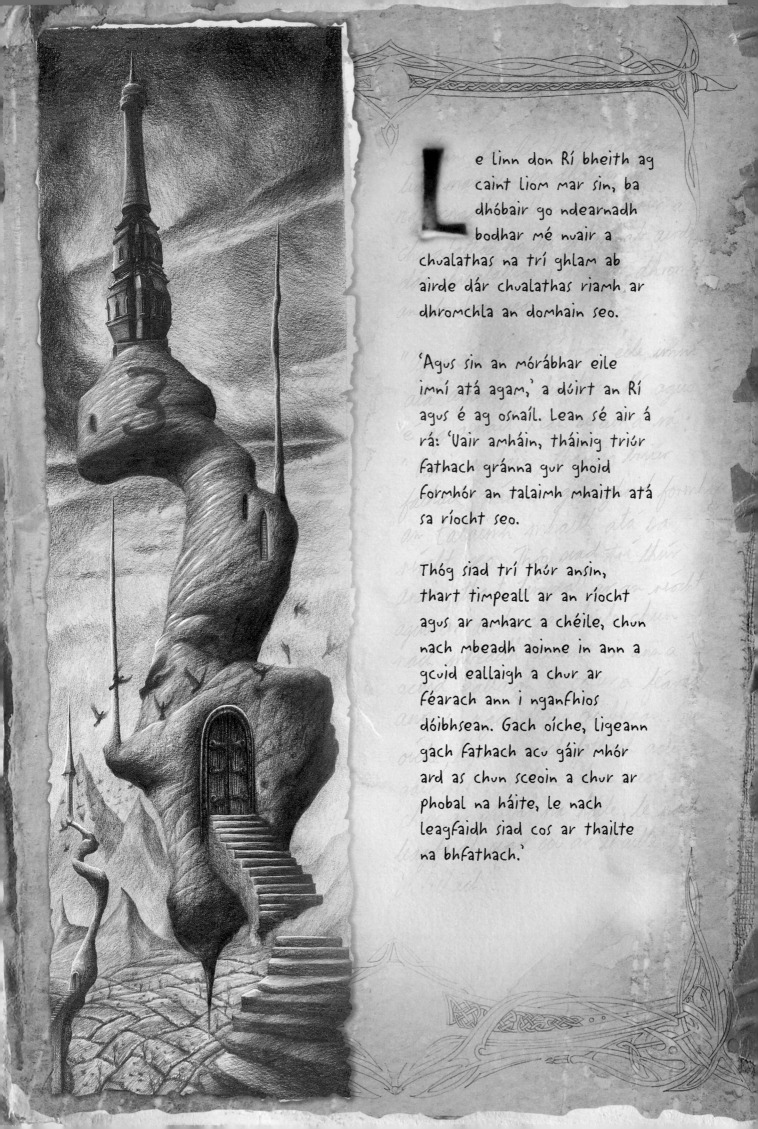

Le linn don Rí bheith ag caint liom mar sin, ba dhóbair go ndearnadh bodhar mé nuair a chualathas na trí ghlam ab airde dár chualathas riamh ar dhromchla an domhain seo.

'Agus sin an mórábhar eile imní atá agam,' a dúirt an Rí agus é ag osnaíl. Lean sé air á rá: 'Uair amháin, tháinig triúr fathach gránna gur ghoid formhór an talaimh mhaith atá sa ríocht seo.

Thóg siad trí thúr ansin, thart timpeall ar an ríocht agus ar amharc a chéile, chun nach mbeadh aoinne in ann a gcuid eallaigh a chur ar féarach ann i nganfhios dóibhsean. Gach oíche, ligeann gach fathach acu gáir mhór ard as chun sceoin a chur ar phobal na háite, le nach leagfaidh siad cos ar thailte na bhfathach.'

ne linne don Rí bheith aa caint
liom mar sin, ba dhóbair go
ndearnadh bodhar me
chualathas na trí
dár chualathas riad
an domhain seo

"Agus sin an morabha
atá agam", a dúirt
é ag osnaíl. Lean se
"Uair amháin, tháiní
fathach gránna gur
an talaimh mhaith atá
ríocht seo Thó

ne, tigeann gach fathach acu
mhór ard as chun sceon
ar phobal na háite, le s
'l siad cos ar thailte

Go luath maidin lá arna mhárach, thiomáin mé amach tréad bó an Rí. Níorbh fhada gur tháinig mé chomh fada le páirceanna méithe ina raibh an féar níos glaise agus níos airde ná in aon pháirc eile máguaird. Lig mé do na ba dul ag innilt orthu.

Go tobann, tháinig duine de na fathaigh ag rith amach ionsorm agus é ag scairteadh in ard a ghutha agus a chinn.

'Fud, fad, féasóg! Cuirim boladh an Éireannaigh bhréagaigh, bhradaigh!' a scairt sé. 'Is mór liom i ngreim thú agus is beag liom in dhá ghreim thú, agus dá mbeadh gráinnín salainn agam, d'íosfainn in aon ghreim thú!'

'**D**rochrath orm,' arsa mise, 'má fhágaim an áit seo gan an dé deiridh a bhaint asat!'

'An troid atá uait?' a d'iarr an fathach. 'Cé acu is fearr leat, coraíocht ar na leacacha glasa nó troid leis na claimhte géara?'

'Rachaidh mé a choraíocht leat ar na leacacha glasa,' a d'fhreagair mé. 'Beidh mo chosa míne uaisle in uachtar agus do spága móra míofara in íochtar!'

Thug muid faoina chéile ansin agus throid muid go fíochmhar. Sa deireadh, thug mé buille don fhathach a chuir síos go dtí na glúine ar na leacacha glasa é. Leis an dara buille, chuir mé síos a fhad lena bhásta é agus leis an tríú buille, chuir mé síos go dtí na guaillí é.

'Tóg amach as seo mé,' a d'impigh an fathach. 'Tabharfaidh mé duit an túr agus gach a bhfuil agam. Tabharfaidh mé duit an claíomh solais nach gá ach aon bhuille amháin uaidh chun fear a mharú. Tabharfaidh mé duit m'each dubh ar féidir leis imeacht mar a bheadh séideán gaoithe móire ann.'

Níor fhan mé lena thuilleadh cainte ón fhathach. Mharaigh mé ar an toirt é. Ansin, suas liom chun an túir.

'Fearadh na fáilte romhat, a strainséir chóir,' arsa'n bhean tí a tháinig amach i m'araicis. 'Mharaigh tú an fathach mór gránna a bhí anseo. Tar liom anois go dtaispeánfaidh mé duit a raibh de shaibhreas aige.'

D'oscail sí ciste an fhathaigh agus dúirt gur liomsa an saibhreas sin go léir.

Bhuail tuirse mé go tobann ansin agus d'iarr mé ar an bhean tí mé a mhúscailt tráthnóna. Bhí mé ag dul a chodladh ar leaba an fhathaigh.

Nuair a mhúscail an bhean tí mé, thiomáin mé tréad bó an Rí abhaile. Níor thál na ba riamh oiread bainne agus a thál siad an oíche sin. Thál siad oiread is a thál siad le seachtain iomlán roimhe. Is beag a thuig an Rí fúmsa an oíche sin agus mé i mo sheasamh ag an doras. Ní fhaca sé ansin roimhe ach buachaill bó, é costarnocht, gioblach, dearóil.

Chuir sé cuireadh chun suipéir orm. Le linn dúinn bheith ag ithe, chuala muid dhá gholdar mhóra taobh amuigh. 'Hó!' arsa'n Rí. 'Caithfidh sé go bhfuil fear de na fathaigh ar shiúl.'

Caithfidh sé go bhfuil,' a dúirt mé. Chuir mé tuairisc iníon an Rí ansin. Dúirt seisean cé nár tháinig an ollphéist an lá sin, go mb'fhéidir go dtiocfadh sí an chéad lá eile. 'Bhuel,' arsa mise leis, 'má thagann sí amárach, scéal cinnte nach dtiocfaidh sí lá ar bith eile — nó cuirfear deireadh léi amárach.'

An chéad mhaidin eile, go moch, chuir mé cuid eallaigh an Rí isteach ar thailte an dara fathaigh. Amach leis an Fhathach sin láithreach, é ag bagairt orm, díreach mar a rinne a dhearthair.

Níorbh fhada gur chrom muid ar an troid fhíochmhar. Lean an troid ar feadh an lae, go dtí sa deireadh gur thug mise buille don fhathach a chuir síos go dtí na glúine ar na leacacha glasa é. Chuir an dara buille síos a fhad lena bhásta é agus chuir an tríú ceann síos go dtí na guaillí é. 'Tabharfaidh mé duit mo chlaíomh solais agus m'each donn má ligeann tú saor mé,' a d'impigh an fathach orm.

'Cá bhfuil do chlaíomh solais?' a d'fhiafraigh mé de.
'Tá sé crochta os cionn mo leapa,' a d'fhreagair an fathach.
Rith mé suas gur thug anuas an claíomh.

'Cén áit ar féidir liom faobhar an chlaímh a thástáil?' a d'fhiafraigh mé.

'Ar mhaide,' a d'fhreagair an
fathach. 'Leoga, ní fheicim maide ar bith níos
fearr ná do cheann féin!' a dúirt mé ar ais leis.

Leis sin, bhain mé an ceann den fhathach mhór mhíofar
agus d'imigh mé suas chuig an túr s'aige.

'Is iontach an fear tú,'
arsa'n bhean tí liom.
'Mharaigh tú an fathach!
Tar liom agus
taispeánfaidh mé duit a
chuid saibhris go léir, nó
is leatsa anois é.'

Ba mhó arís an saibhreas
a bhí sa túr sin. Nuair a
bhí deireadh feicthe
agam, thit tuirse orm agus
chuaigh mé a chodladh ar
leaba an fhathaigh.
Mhúscail an bhean tí
tráthnóna mé agus
thiomáin mé na ba abhaile
chuig caisleán an Rí.

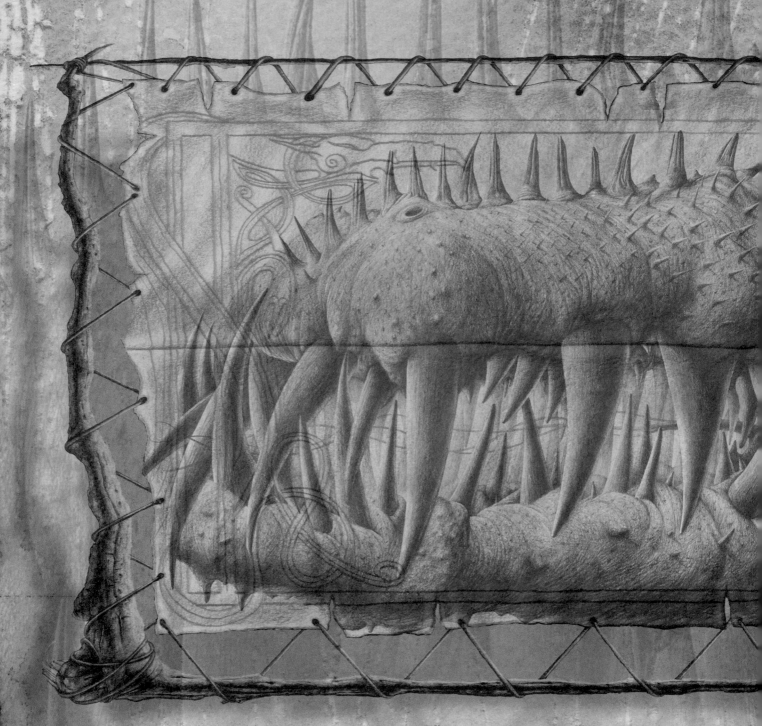

Ar theacht a fhad leis an chaisleán dom, tháinig an Rí amach chugam. 'Is ormsa atá an t-ádh ó tháinig tú chugam anseo,' a dúirt sé. 'Thug mo chuid bó a thrí oiread bainne inniu agus a thug siad inné!'

Bhí muid ag caitheamh ár suipéir nuair a chuala muid aon gháir amháin taobh amuigh. 'Hó!' arsa'n Rí. 'Níl ann ach aon gháir amháin anocht,' a dúirt sé. 'Caithfidh sé go bhfuil fear eile de na fathaigh ar shiúl.'

'Caithfidh sé go bhfuil,' a dúirt mise. D'fhiafraigh mé den Rí ar tháinig an ollphéist.

'Níor tháinig sí inniu ach an oiread,' ar seisean, 'ach b'fhéidir go dtiocfadh sí amárach.'

An chéad mhaidin eile, chuaigh mé amach le tréad bó an Rí arís. Thiomáin mé romham iad chomh fada le tailte an tríú fathaigh. Nuair a tháinig seisean amach, bhí sé ní b'fhíochmhaire ná an bheirt eile le chéile. Chuaigh an troid ar aghaidh an lá ar fad, ach sa deireadh, thug mé buille don fhathach a chuir síos go dtí na glúine ar na leacacha glasa é. Leis an dara buille, chuaigh sé síos a fhad lena bhásta agus leis an tríú buille, chuaigh sé síos go dtí na guaillí. Mharaigh mé ansin é, sula raibh faill aige aon impí a dhéanamh orm.

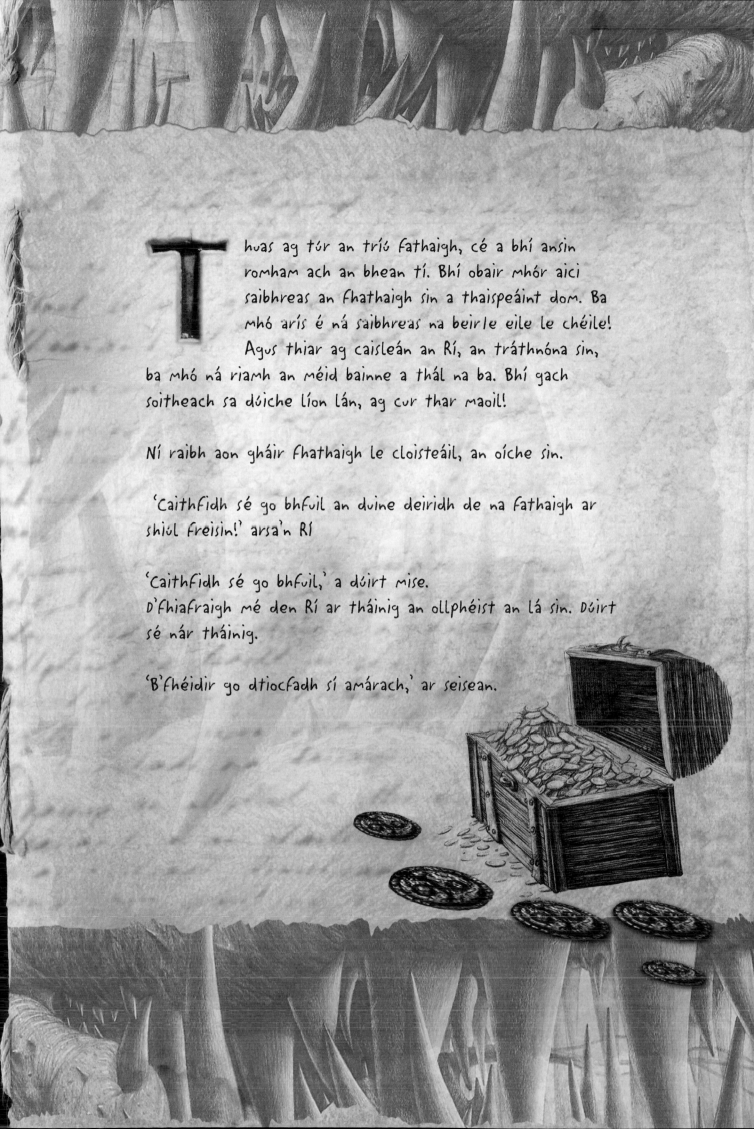

Thuas ag túr an tríú fathaigh, cé a bhí ansin romham ach an bhean tí. Bhí obair mhór aici saibhreas an Fhathaigh sin a thaispeáint dom. Ba mhó arís é ná saibhreas na beirte eile le chéile!

Agus thiar ag caisleán an Rí, an tráthnóna sin, ba mhó ná riamh an méid bainne a thál na ba. Bhí gach soitheach sa dúiche líon lán, ag cur thar maoil!

Ní raibh aon gháir fhathaigh le cloisteáil, an oíche sin.

'Caithfidh sé go bhfuil an duine deiridh de na fathaigh ar shiúl freisin!' arsa'n Rí

'Caithfidh sé go bhfuil,' a dúirt mise.
D'fhiafraigh mé den Rí ar tháinig an ollphéist an lá sin. Dúirt sé nár tháinig.

'B'fhéidir go dtiocfadh sí amárach,' ar seisean.

Maidin lá arna mhárach, thiomáin mé
cuid bó an Rí suas chuig túr an chéad
Fhathaigh. D'iarr mé culaith ghaisce
an Fhathaigh ar an bhean tí. Bhí an chulaith
chomh dubh leis an oíche.

Chuir mé orm í agus d'fheistigh orm an claíomh
solais freisin. Suas liom ar mhuin each caol dubh
an Fhathaigh, a bhí chomh tapa leis an ghaoth.

Stad mara ná mórchónaí ní dhearna mé, gur bhain mé an trá amach.

Bhí na céadta gaiscíoch bailithe ansin, chun tarrtháil a dhéanamh ar iníon an Rí. Ach bhí an oiread sin eagla orthu roimh an ollphéist is nach raibh sé de mhisneach acu dul a chóir an bhanphrionsa.

Nuair a chonaic mé na gaiscígh uilig agus iad ar crith le heagla, thapaigh mé an deis agus bhrostaigh síos i dtreo an bhanphrionsa, áit a raibh sí ina suí ar charraig aonair, cois farraige. 'Nach bhfuil aoinne agat chun tarrtháil a dhéanamh ort?' a d'fhiafraigh mé di. 'Duine ar bith, ar chor ar bith,' arsa sise. D'iarr mé uirthi ligean dom mo cheann a chur ina hucht go dtiocfadh an ollphéist, agus mé a mhúscailt láithreach ansin. Bhí sí sásta leis sin. Nuair a mhúscail an banphrionsa go tobann mé, bhí a fhios agam ar an toirt nár mhór dom léim suas chun í a chosaint. Bhí an ollphéist ag teacht ar bharr na dtonnta. Bhí sí chomh mór le hoileán agus bhí sí ag caitheamh uisce suas chun na spéire agus í ag treabhadh na farraige.

Tháinig an ollphéist i dtír ansin. Bhí sí ag déanamh ar an chailín agus a béal ar leathadh mar a bheadh droichead ann. Sheas mise suas roimpi agus scairt mé léi: 'Is liomsa an bhean seo. Ní leatsa í!' Leis sin, thóg mé amach an claíomh solais agus bhain mé an ceann den ollphéist d'aon bhuille mhór amháin. Ach, ní luaithe a bhí sin déanta agam ná phreab an ceann ar ais ina áit féin agus d'fhás ansin arís. Agus í ag brostú síos chun na farraige, d'iompaigh an ollphéist thart agus ar sise: 'Beidh mé ar ais anseo amárach agus slogfaidh mé an domhan iomlán romham!' 'Bhuel,' a d'fhreagair mise í, 'fan go bhfeice tú, b'fhéidir go mbeadh gaiscíoch eile romhat amárach!'

Suas liom ar mhuin an eich chaoil dhuibh agus as go brách liom, ar nós na gaoithe, sula bhféadfadh an banphrionsa mé a stop.

D' imigh mé suas chuig túr an chéad fhathaigh. Chuir mé an capall, an chulaith ghaisce agus an claíomh i bhfolach. Chodail mé ar leaba an fhathaigh gur mhúscail an bhean tí tráthnóna mé. D'éirigh mé ansin, chuir orm mo chuid seanéadaí scifleogacha, agus thiomáin na ba ar ais chuig caisleán an Rí.

Tháinig an Rí amach ina rith chugam agus scéal iontach aige le hinsint dom.

'Bhuel, cad é a tharla do d'iníon inniu?' a d'fhiafraigh mé.

'D'éirigh an ollphéist amach as an fharraige chun m'iníon a bhreith léi.

Ach
tháinig gaiscíoch taibhseach ag
marcaíocht ar each dubh agus shábháil sé í!'
a d'fhreagair an Rí.

'Dúirt sí gurbh é an gaiscíoch ba dheise ar
ógfhir an domhain uilig agus gur thug sé
ardú meanman agus misnigh di.
Ghearr sí dlaoi ghruaige óna
cheann go formhothaithe agus
tá sin curtha i bhfolach
aici.'

'Cé a bhí ann?' a
d'fhiafraigh mise.

'Bhuel,
is iomaí fear
de na fir a
bhí ansin a
bhí a
mhaíomh gurbh
eisean a rinne!' arsa'n Rí.

'Ach níl m'iníon slán
sábháilte go fóill. Dúirt
an ollphéist go mbeadh sí
ag filleadh arís amárach.'

An lá dár gcionn, thiomáin mé cuid bó an Rí síos a fhad le tailte an dara fathaigh. D'fhág mé ar féarach ansin iad agus chuaigh mé féin suas chuig an túr. Nuair a bhuail mé leis an bhean tí, d'iarr mé culaith ghaisce ghorm an fhathaigh, a chlaíomh solais agus an t-each donn a bhí chomh tapa céanna leis an cheann dubh. Chuir mé orm an chulaith ghaisce ghorm agus rug mé greim ar an chlaíomh.

Níorbh fhada go raibh mé thuas ar mhuin an eich dhoinn ansin agus síos liom chun na trá. Bhí iníon an Rí ina suí ar charraig aonair agus na prionsaí agus na gaiscígh ansin ar crith roimh an ollphéist.

'Nach bhfuil aoinne anseo chun tarrtháil a dhéanamh ort?' a d'fhiafraigh mé d'iníon an Rí.
'Duine ar bith!' ar sise.

D'iarr mé uirthi ligean dom mo cheann a chur ina hucht go dtiocfadh an ollphéist, agus mé a mhúscailt láithreach ansin.

Nuair a mhúscail an banphrionsa mé, léim mé suas agus rith síos chun na trá. Bhí an ollphéist ag dul ar luas lasrach, ag caitheamh na dtonnta móra farraige suas san aer. Tháinig sí i dtír agus a béal mór ar leathadh ar nós droichid.

Léim mise amach roimpi. Thóg mé claíomh an fhathaigh agus, d'aon bhuille mhór amháin, rinne mé dhá leath den phéist. Ach cad é a tharla ansin, dar leat? Rith an dá leath i gceann a chéile agus rinneadh aon chorp amháin díobh arís!

D'iompaigh an ollphéist, ag déanamh ar an fharraige. Ar sise:
'A bhfuil de ghaiscígh ar dhromchla an domhain seo, ní shábhálfaidh siad ormsa amárach í!'

Maidir liomsa, sula raibh seans ag an bhanphrionsa stop a chur liom, rinne mé mo bhealach ar ais chuig túr an fhathaigh. Chuir mé an chulaith ghorm, an claíomh solais agus an capall i bhfolach. Chodail mé ansin ar leaba an fhathaigh ar feadh tamaill. Chuir mé orm mo chuid seanéadaí scifleogacha agus ansin thiomáin mé na ba abhaile roimh thitim na hoíche.

Nuair a bhuail mé leis an Rí, d'fhiafraigh mé de cad é a bhain don bhanphrionsa, an lá sin.

'Tá sí slán sábháilte!' a d'fhreagair sé. 'Strainséir de ghaiscíoch faoina chulaith ghorm a shábháil inniu í. Ach níl m'iníon sásta fós.

Creideann sí gurbh é an gaiscíoch céanna a bhí ansin inné. Ghearr sí dlaoi ghruaige óna chuid gruaige nuair a bhí sé ina chodladh agus is ionann í sin agus an dlaoi a ghearr sí inné. Tá an-chumha uirthi anois ó d'imigh an gaiscíoch uaithi.'

An chéad mhaidin eile, thiomáin mé cuid bó an Rí chuig féarach an tríú fathaigh. Isteach liom sa túr gur iarr ar an bhean tí culaith, claíomh agus each rua an fhathaigh a thabhairt dom.

Nuair a thug sí amach chugam iad, bhí an oiread dathanna ar an chulaith is atá faoin spéir thuas. Na buataisí a thug sí amach chugam, bhí siad sin déanta de chriostal ghlioscarnach ghealghorm. Bhí an t-each rua ar an each ba ghaiste ar domhan.

A luaithe is a bhí mé gléasta agus mé thuas ar mhuin an eich rua, dúirt an bhean tí go raibh mé ar an fhear ba dhóighiúla dá bhfaca sí riamh. Chuir sí comhairle orm sular chuir mé chun bóthair.

'Nuair a éireoidh an ollphéist amach as an fharraige inniu,' ar sise, 'beidh sí ar deargbhuile. Beidh trí chlaíomh ag gobadh amach as a béal. Má chuireann aoinne cath uirthi, an uair sin, d'fhéadfadh sí an domhan ar fad a ghearradh suas ina mhíle píosa agus é a shlogadh siar! Níl ach aon bhealach amháin chun bua a fháil uirthi agus taispeánfaidh mise duit é.'

Thug sí úll dom. 'Tabhair leat an t-úll seo agus cuir isteach i d'ucht é. Nuair a léimfidh an ollphéist amach as an fharraige agus a béal oscailte aici, caith thusa an t-úll síos isteach ina scornach. Rachaidh corp na hollphéiste a leá ansin agus gheobhaidh sí bás ar an trá.'

Thug mé liom an t-úll agus chuaigh mé suas ar an each rua. Bhí a thrí oiread luais fúinn an t-am sin agus a bhí an lá roimhe.

Thiocfadh liom an bhean óg a fheiceáil uaim, í ina suí ar an charraig aonair. Tamall uaithi, bhí prionsaí agus gaiscígh an domhain agus iad ar crith le huamhan roimh an ollphéist. Chonaic mé mic an Rí agus bhí siadsan ar crith le heagla freisin. Bhí an Rí é féin ag súil go dtiocfadh gaiscíoch eile i gcabhair ar a iníon.

Chuaigh mé ionsar an bhanphrionsa. Leag mé mo cheann ina hucht arís agus thit mo chodladh orm. Nuair a tháinig an ollphéist, mhúscail an banphrionsa mé agus rinne mé mo bhealach síos chun na trá.

Tharraing an ollphéist í féin amach as an fharraige agus b'uafásach an radharc í. Bhí trí chlaíomh ghéara ag gobadh amach as a béal. Bhí an béal mór go leor chun an domhan ar fad a alpadh siar! A luaithe is a chonaic sí mé, lig an ollphéist trí gholdar mhóra aisti agus léim sí sa mhullach orm.

Chaith mé an t-úll síos isteach ina scornach ansin. Fágadh an t-ainmhí mór ina luí go fann ar an trá. Bhí sí ag imeacht as, a corp mór gránna ag leá ina ghlóthach cháidheach ar imeall na farraige. D'fhill mise ar an bhanphrionsa agus dúirt mé:

'Sin deireadh léi anois mar ollphéist! Ní chuirfidh sí isteach ar aoinne - fear, bean ná ainmhí - choíche go deo arís!' Leis sin, bhí mé thuas ar mhuin an eich rua arís, ag marcaíocht liom sula raibh an banphrionsa in ann stop a chur liom. Ach d'éirigh léi greim docht daingean a choinneáil ar cheann amháin de na buataisí criostail ghoirm a bhí orm, agus b'éigean dom sin a fhágáil aici ina láimh.

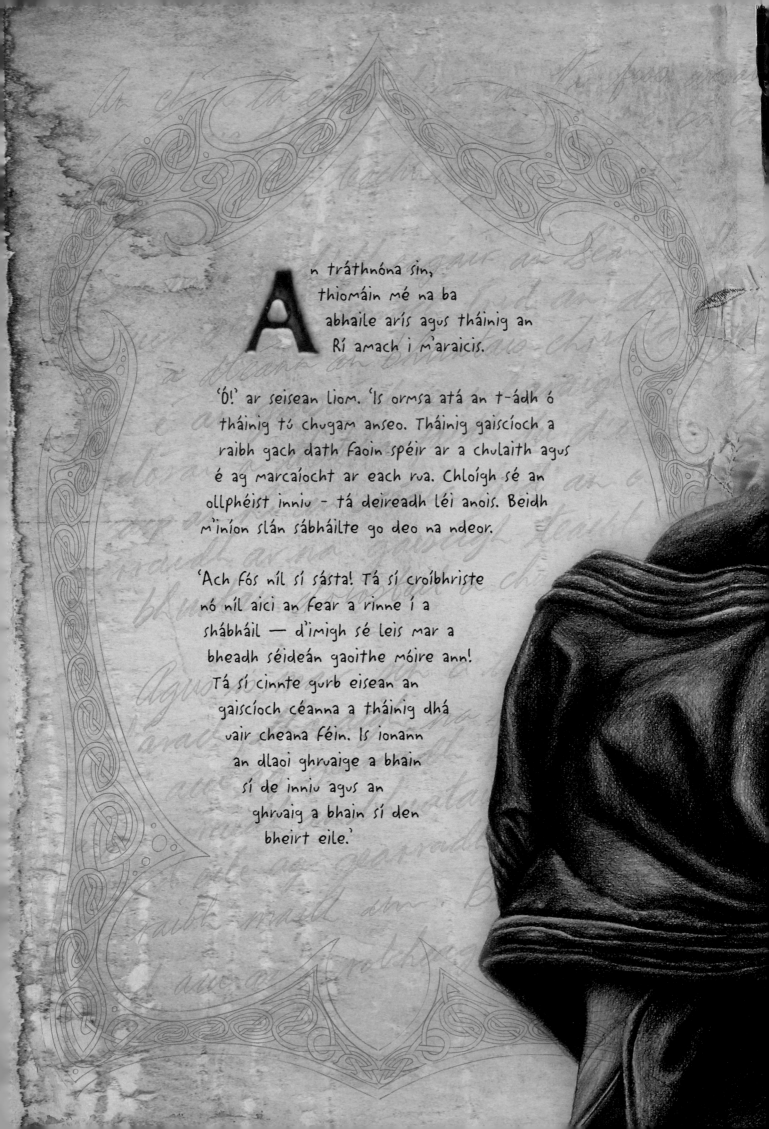

An tráthnóna sin, thiomáin mé na ba abhaile arís agus tháinig an Rí amach i m'araicis.

'Ó!' ar seisean liom. 'Is ormsa atá an t-ádh ó tháinig tú chugam anseo. Tháinig gaiscíoch a raibh gach dath faoin spéir ar a chulaith agus é ag marcaíocht ar each rua. Chloígh sé an ollphéist inniu — tá deireadh léi anois. Beidh m'iníon slán sábháilte go deo na ndeor.

'Ach fós níl sí sásta! Tá sí croíbhriste nó níl aici an fear a rinne í a shábháil — d'imigh sé leis mar a bheadh séideán gaoithe móire ann! Tá sí cinnte gurb eisean an gaiscíoch céanna a tháinig dhá uair cheana féin. Is ionann an dlaoi ghruaige a bhain sí de inniu agus an ghruaig a bhain sí den bheirt eile.'

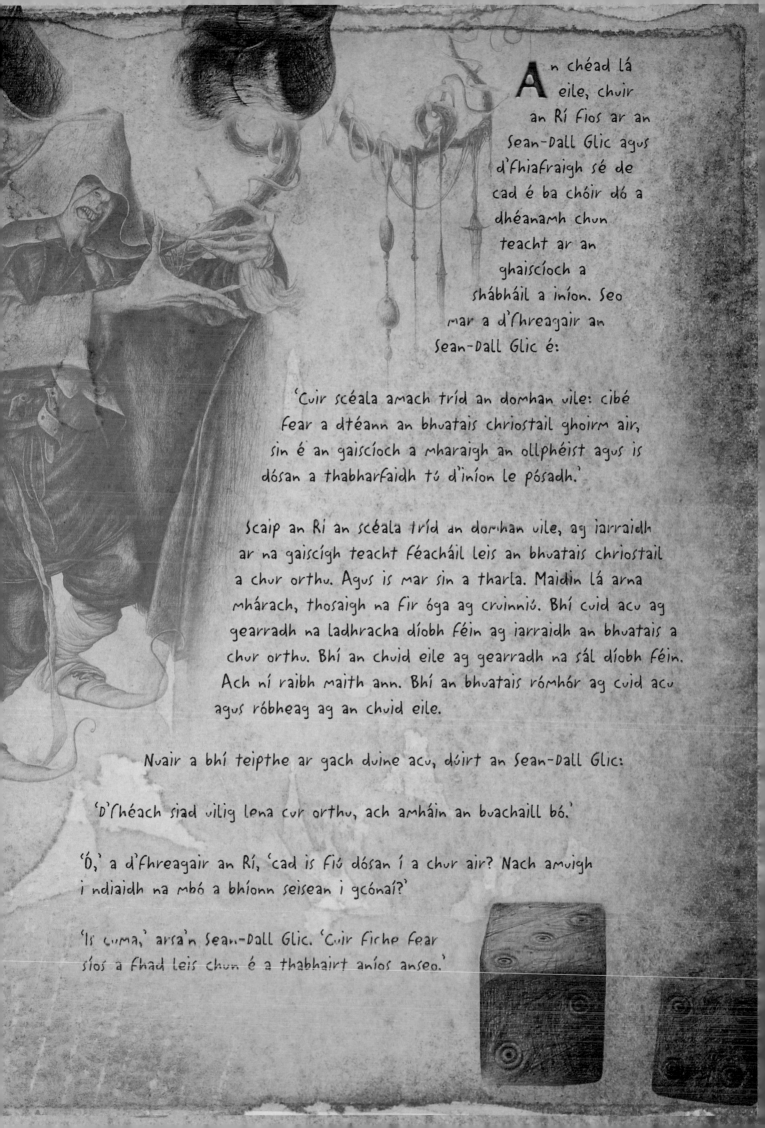

An chéad lá eile, chuir an Rí fios ar an Sean-Dall Glic agus d'fhiafraigh sé de cad é ba chóir dó a dhéanamh chun teacht ar an ghaiscíoch a shábháil a iníon. Seo mar a d'fhreagair an Sean-Dall Glic é:

'Cuir scéala amach tríd an domhan uile: cibé fear a dtéann an bhuatais chriostail ghoirm air, sin é an gaiscíoch a mharaigh an ollphéist agus is dósan a thabharfaidh tú d'iníon le pósadh.'

Scaip an Rí an scéala tríd an domhan uile, ag iarraidh ar na gaiscígh teacht féacháil leis an bhuatais chriostail a chur orthu. Agus is mar sin a tharla. Maidin lá arna mhárach, thosaigh na fir óga ag cruinniú. Bhí cuid acu ag gearradh na ladhracha díobh féin ag iarraidh an bhuatais a chur orthu. Bhí an chuid eile ag gearradh na sál díobh féin. Ach ní raibh maith ann. Bhí an bhuatais rómhór ag cuid acu agus róbheag ag an chuid eile.

Nuair a bhí teipthe ar gach duine acu, dúirt an Sean-Dall Glic:

'D'fhéach siad uilig lena cur orthu, ach amháin an buachaill bó.'

'Ó,' a d'fhreagair an Rí, 'cad is fiú dósan í a chur air? Nach amuigh i ndiaidh na mbó a bhíonn seisean i gcónaí?'

'Is cuma,' arsa'n Sean-Dall Glic. 'Cuir fiche fear síos á fhad leis chun é a thabhairt aníos anseo.'

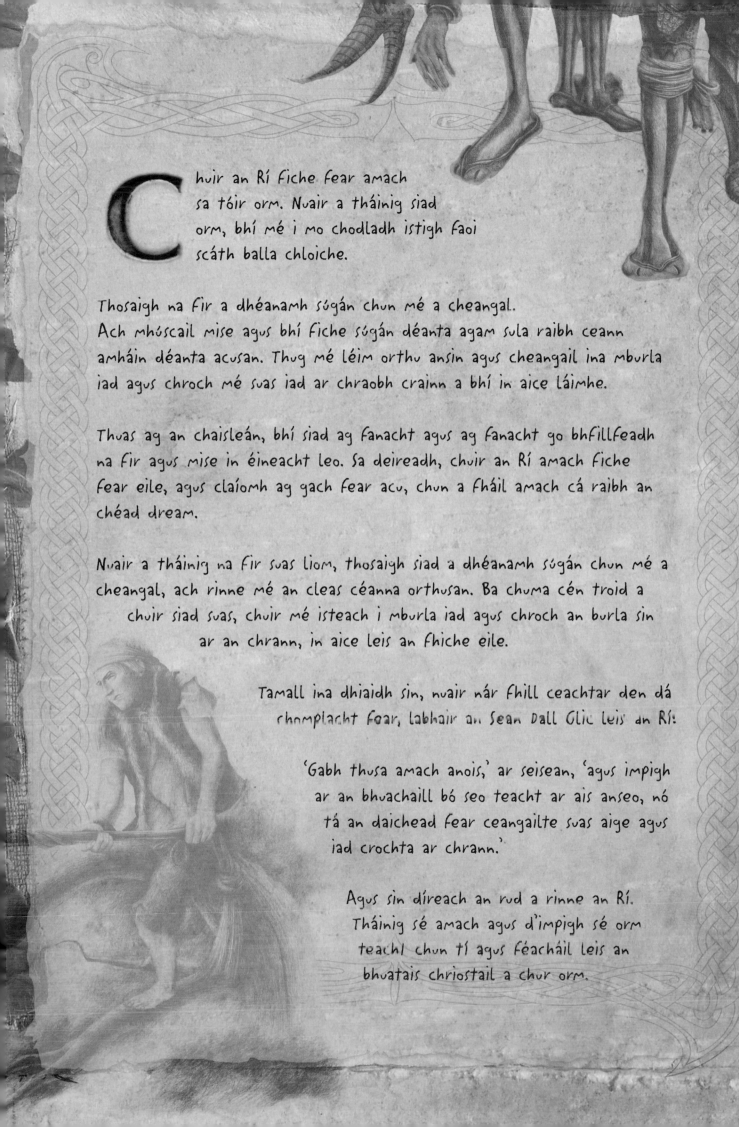

Chuir an Rí Fiche Fear amach sa tóir orm. Nuair a tháinig siad orm, bhí mé i mo chodladh istigh faoi scáth balla chloiche.

Thosaigh na fir a dhéanamh súgán chun mé a cheangal. Ach mhúscail mise agus bhí fiche súgán déanta agam sula raibh ceann amháin déanta acusan. Thug mé léim orthu ansin agus cheangail ina mburla iad agus chroch mé suas iad ar chraobh crainn a bhí in aice láimhe.

Thuas ag an chaisleán, bhí siad ag fanacht agus ag fanacht go bhfillfeadh na fir agus mise in éineacht leo. Sa deireadh, chuir an Rí amach fiche fear eile, agus claíomh ag gach fear acu, chun a fháil amach cá raibh an chéad dream.

Nuair a tháinig na fir suas liom, thosaigh siad a dhéanamh súgán chun mé a cheangal, ach rinne mé an cleas céanna orthusan. Ba chuma cén troid a chuir siad suas, chuir mé isteach i mburla iad agus chroch an burla sin ar an chrann, in aice leis an fhiche eile.

Tamall ina dhiaidh sin, nuair nár fhill ceachtar den dá chomplacht fear, labhair an Sean Dall Glic leis an Rí:

'Gabh thusa amach anois,' ar seisean, 'agus impigh ar an bhuachaill bó seo teacht ar ais anseo, nó tá an daichead fear ceangailte suas aige agus iad crochta ar chrann.'

Agus sin díreach an rud a rinne an Rí. Tháinig sé amach agus d'impigh sé orm teacht chun tí agus féacháil leis an bhuatais chriostail a chur orm.

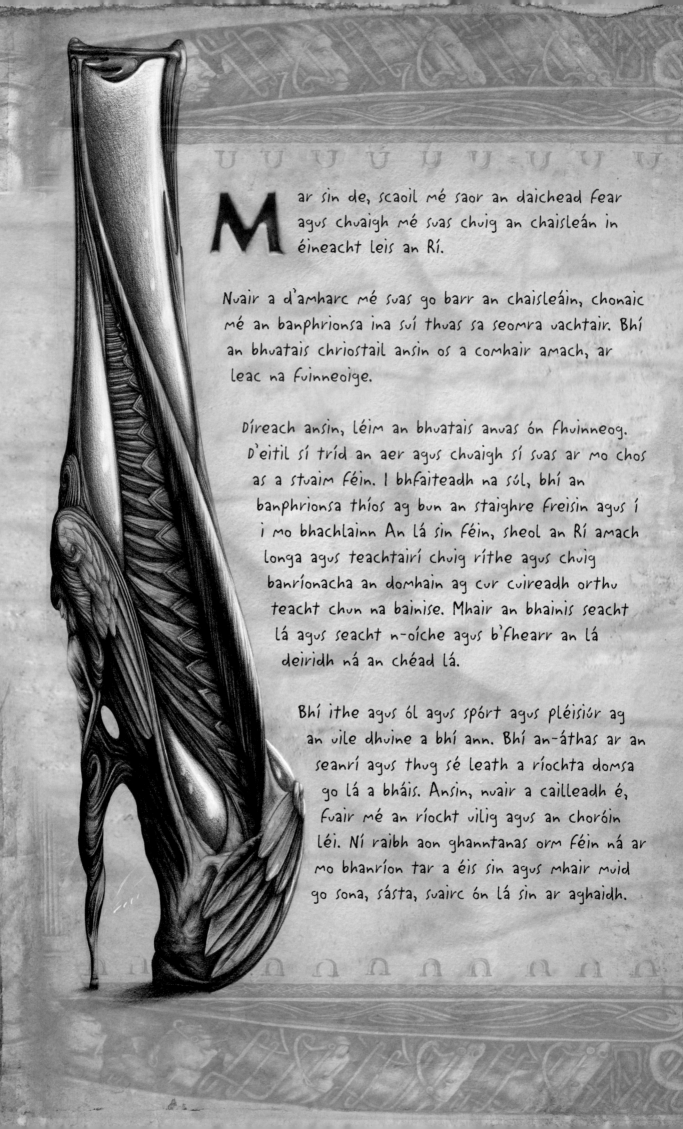

Mar sin de, scaoil mé saor an daichead fear agus chuaigh mé suas chuig an chaisleán in éineacht leis an Rí.

Nuair a d'amharc mé suas go barr an chaisleáin, chonaic mé an banphrionsa ina suí thuas sa seomra uachtair. Bhí an bhuatais chriostail ansin os a comhair amach, ar leac na fuinneoige.

Díreach ansin, léim an bhuatais anuas ón fhuinneog. D'eitil sí tríd an aer agus chuaigh sí suas ar mo chos as a stuaim féin. I bhfaiteadh na súl, bhí an banphrionsa thíos ag bun an staighre freisin agus í i mo bhachlainn An lá sin féin, sheol an Rí amach longa agus teachtairí chuig ríthe agus chuig banríonacha an domhain ag cur cuireadh orthu teacht chun na bainise. Mhair an bhainis seacht lá agus seacht n-oíche agus b'fhearr an lá deiridh ná an chéad lá.

Bhí ithe agus ól agus spórt agus pléisiúr ag an uile dhuine a bhí ann. Bhí an-áthas ar an seanrí agus thug sé leath a ríochta domsa go lá a bháis. Ansin, nuair a cailleadh é, fuair mé an ríocht uilig agus an choróin léi. Ní raibh aon ghanntanas orm féin ná ar mo bhanríon tar a éis sin agus mhair muid go sona, sásta, suairc ón lá sin ar aghaidh.

A léitheoir dhil, sin é
mo scéalsa, níl aon
fhocal bréige ann.
Tá a fhios agam
sin go maith nó
is mise an té
a chum!

Ba mhaith linn ár bhfíorbhuíochas a ghabháil leis an mhuintir a thoiligh cuidiú agus comhairle dúinn chun an saothar seo a thabhairt i gcrích.

Táimid faoi chomaoin ar leith ag Seán Mistéil ildánach agus ag Isabelle Kane, beirt a thug gach comhairle agus cuidiú dúinn go tuisceanach foighdeach! Míle buíochas.

Tá an tSnáthaid Mhór buíoch d'Fhoras na Gaeilge agus de Chlár na Leabhar Gaeilge as tacaíocht airgeadais a chur ar fáil.

Léamh Profaí:
Áine Nic Gearailt agus Fedeilme Ní Bhroin

Lucht Tacaíochta:

The Studio (Repro),

Máire Bean Mhic Sheáin,

Máire Andrews,

Caoimhín Mac Giolla Chatháin,

Stephen O'Kane,

An Chultúrlann

Éadaí:
Ionad Pobail na Síneach

Scannánaíocht:
Seán Mac Seáin

Dlúthdhiosca agus Fuaim:
Simon Wood, Anna Fitzsimons,
www.journeyfor.co.uk
& Glen Wooten

Scéalaí:
Dónall Mac Giolla Chóill